山月記

中島敦＋ねこ助

首次發表於「文學界」1942年2月

中島敦

明治42年（1909年）出生於東京。自東京帝國大學畢業後，歷經教師工作又前往帛琉南洋廳工作，同時撰寫自己的作品。因氣喘而於33歲即病歿。代表作有〈山月記〉、《光與風與夢》、〈李陵〉等。

繪師・ねこ助（猫助）

鳥取縣出身的插畫家。經手書籍裝幀、遊戲及CD封面等插畫。著書有《紅蜻蜓》（新美南吉+ねこ助）、『猫助作品集Soiree』。

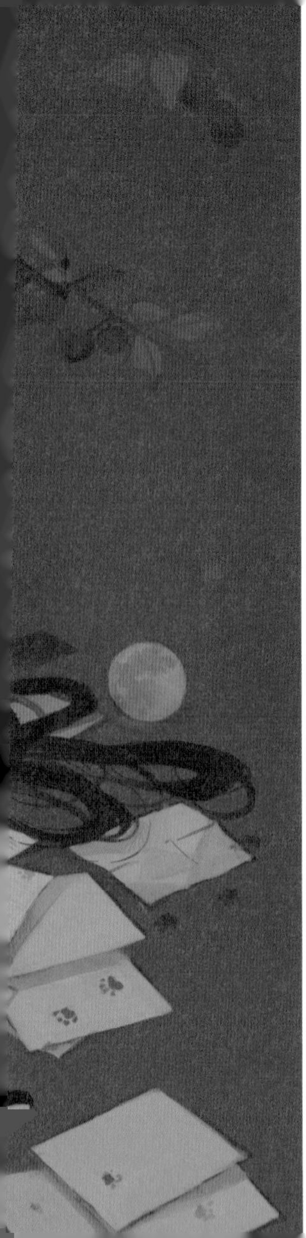

隴西李徵博學多聞天資聰穎，於天寶末年即名登虎榜，得補江南尉之職。然其性格狷介、自視甚高，不願屈就一介賤吏而心有不甘。不經多時便辭官而去，歸隱其鄉虢略，斷絕與他人之往來而耽溺於吟詩之中。實不願身委為下官，長久屈膝於庸俗大官前，彼更寄望以詩人之名流芳百世。然以文揚名談何容易，家中生活日漸窮苦。李徵遂愈發焦躁。

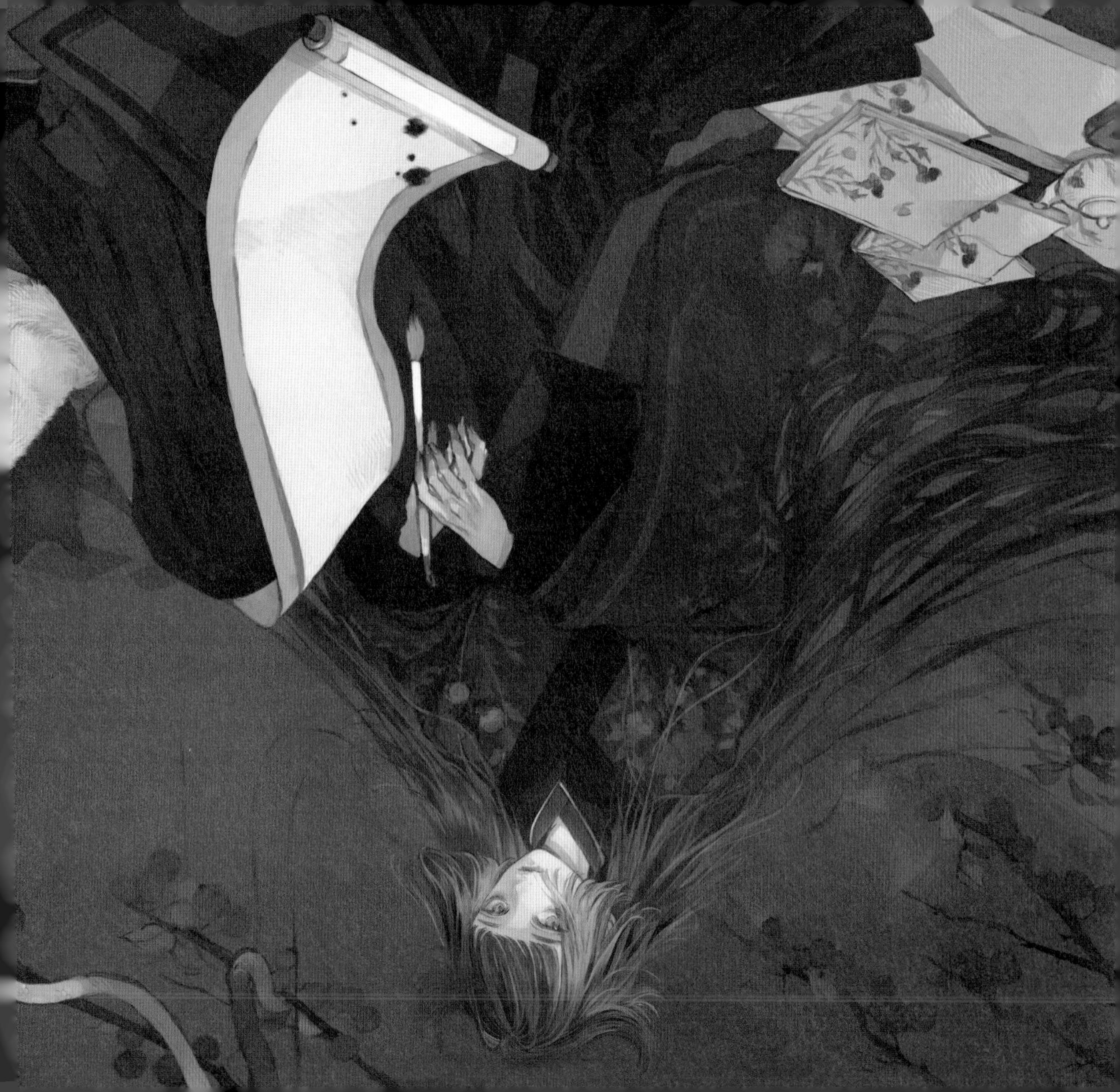

彼時起其容貌逐日嶙峋、清瘦見骨，唯雙眼仍目光炯炯。曾幾何時那雙頰豐潤進士及第美少年身影已不復存在。數年後因不耐貧窮，為求妻小衣食溫飽只得折腰再次東行，任職一地方官吏。此舉亦因其對己身之詩名多半已感絕望。過往同儕皆已加官晉爵，然彼仍需對過往嗤之以鼻之蠢人卑躬屈膝受領其命，往日之才俊李徵，自尊心傷何其之重不難想像。彼快快不樂、狂悖性情愈發難以壓抑。

一年後於公差旅途上、宿於汝水邊時，終至發狂。彼夜半臉色大變自臥舖起身，口中吶喊聽者皆不明之話語，一躍而起朝黑暗中奔去，再未回到該處。雖搜索附近山林卻無任何線索。其後再無人知李徵下落何如。

翌年一監察御史出身陳郡、名袁傪者，奉敕命出使嶺南，途中下榻商於之地。次日天尚未明正待出發，驛站官吏告知前方路途有虎食人，故旅客只得於光天化日通行。如今時辰尚早，宜多候些時再出發。袁傪因侍從者眾想來無妨，斥退驛站官吏就此出發。

依憑殘月微光行經林中草地之時，果一猛虎自叢中躍出。只見此虎正欲撲向袁傪之際，又驟然翻身隱入來時叢中。乃聞叢中傳來人聲嘟囔道：「險哪險哪。」袁傪對那聲音有些印象。雖仍處於驚懼之中，袁生仍唐突脫口問道：「聞此聲，莫非吾友李徵其人？」袁傪與李徵於同年榮登進士，於友人寥寥可數之李徵而言，可謂最為親近之友人。想來也因袁傪性格溫和，不曾與那性情嚴苛的李徵起過衝突。

叢中好一會兒並無回應，唯不時傳來抑鬱的細微啜泣聲。半晌方有低聲回應：「誠然，在下乃隴西李徵。」

袁傪登時忘卻畏懼，下馬來到草叢前，萬分懷舊地一敘久別之情。並問道何故不自叢中現身。李徵的聲音答道，如今在下乃異類之身，如何能厚顏無恥將此醜態展露於老友面前。且在下若現身，汝必然心生畏懼厭惡之情。然當下不期得遇故人無比想念，幾欲忘懷羞愧之思。即便一時半刻，還望汝可否撇下對余現下醜惡身形之厭惡，與汝故友在下李徵言談幾句呢。

事後回想此事果然極為怪異，然袁傪彼時欣然接受此一脫離自然之異常情事，並不以為怪。其命下屬不再前行、立於叢邊與那匿蹤之聲對談。京城傳聞、舊友音訊、袁傪當今地位何如、李徵獻上祝賀之詞。在兩位以青年時期親近友人毫無隔閡之語調談了一陣前述話頭後，袁傪詢問李徵何以化為如今樣貌。草叢中的聲音如此說道。

那是距今約一年前，在下踏上旅途而夜宿汝水邊，忽自熟睡中醒來，聽得門外似有人呼喊余名。應聲步至外頭，那聲音就在黑暗中不斷呼喚著在下。在下不禁追逐那聲音跑了起來。忘我驅前好一會兒，不知何時已入山林，且無知無覺間使著雙手抓地奔行。乃覺體內氣力充沛、輕鬆奔騰越過巨岩。回神方察十指手臂似乎皆已生毛。

待得天色稍明，來至谷中溪流邊採頭望之，方知余身已成虎。在下起初也不相信自己所見之物。隨即想到肯定身在夢中。先前在下也曾夢見過確知自己身在夢中之夢。待得明白此景絕非夢境，茫然若失。同時感到驚懼。心想原來真是何等情事皆有可能而感到相當畏懼。但何以發生此事呢？實在不明白。吾人實在半點事兒也不明白。溫順接受那些毫無道理強加於己身之事，毫無道理地活下去，正是吾等有生之物的宿命。在下當即欲一死了之。然彼時眼前奔過一兔，說時遲那時快，在下內心之人霎時泯滅。待得在下心中之人醒覺之時，口中已是兔血淋漓、週遭四散兔毛。

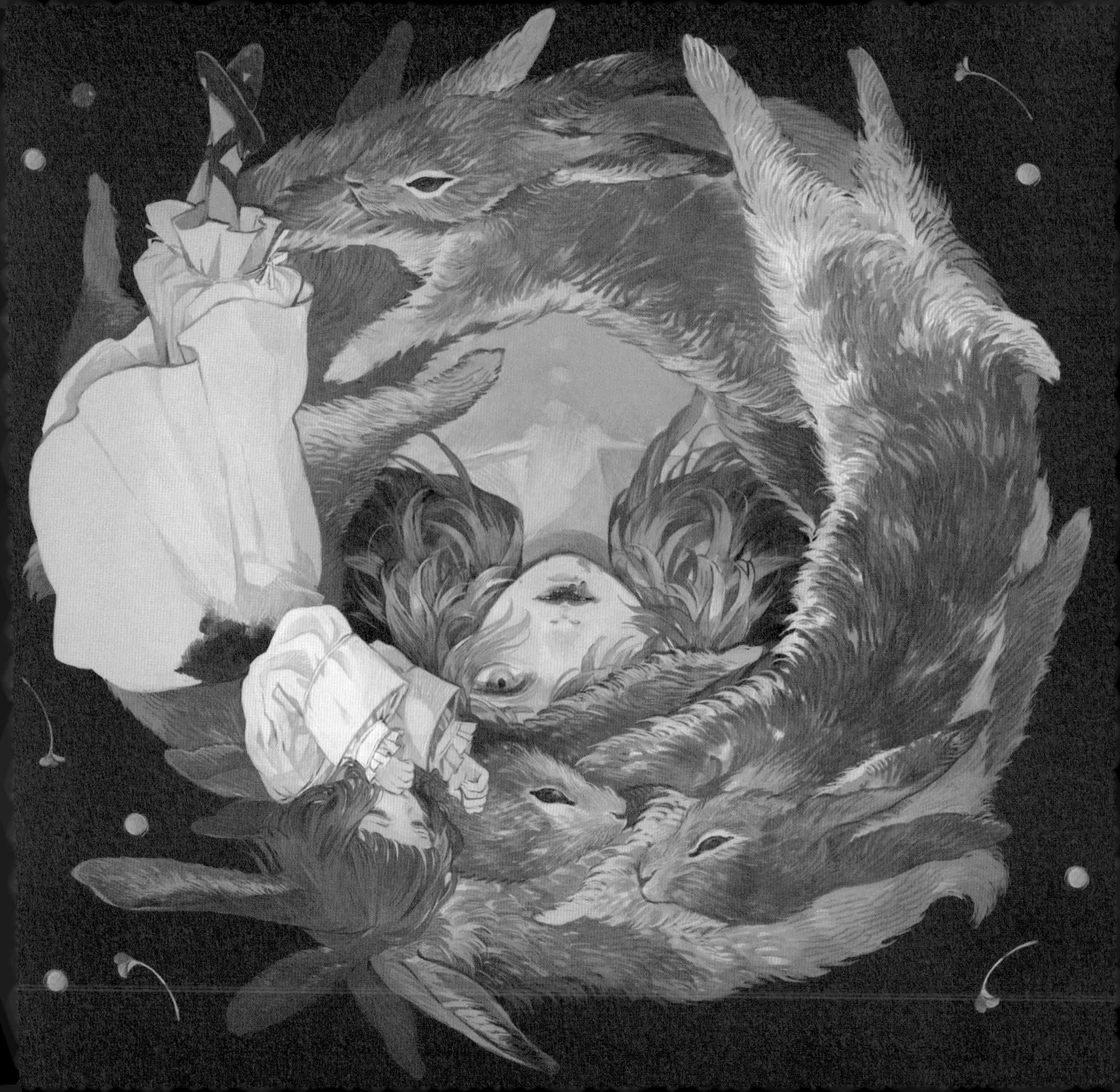

此乃為虎最初之經歷。

自彼時起在下究竟做了何等行為，實不堪啟齒。唯一日內必有數時辰恢復人心。其時在下可與過往一般，口言人語、得思較複雜之事，甚可朗誦經書章節。該人心於為虎之已殘暴舉止後回顧自身命運，萬分難堪、恐懼又憤恨。然那回歸人心之數時辰，卻隨著日子過去而愈發短暫。早先總想著我究竟為何會成為虎？然近日驀然回神之時，卻思索起我過往究竟為何是人？

此事著實令人驚恐。想來再過少時，我內在的人心終將於此獸身習性中灰飛煙滅。有如古老宮殿基底終將埋沒塵沙之下。如此一來，在下勢必忘卻過往，以虎之姿狂亂奔走，便是如今日於途中相遇故人乃不知其人，將爾生吞下肚亦無所感。

說到底論獸論人，原先究竟為何物？或許起初猶記己身為何卻逐漸忘懷，終至認定原先便是這般樣貌？不，此事已無妨。我內在的人心若消失殆盡，不定對我來說是較為幸福之事呢。然我內在之人卻對此事感到無比恐懼。噢，此事多麼可懼、哀傷、悲切！我身為人類的記憶終將消失。此情無人得明白，無人得明白。唯有與我遭逢相同境遇者或可知一二。話說回頭，在我不再身為人類以前，有件事想拜託你。

袁修一行人不禁屏氣凝神聽聞叢間話語。那聲音繼續說道。

別無他事。在下原以詩人之身求名。然業未成即逢此命運。往日曾做詩數百，自是尚未公諸於世。遺稿恐也不知去向。然當中尚能記誦者數十，望汝可助余錄之。非欲憑此以一介詩人自居。自作巧拙雖不能判，然終為散盡家財致發狂而一生執著之物，若無半點傳世，實乃死也不得瞑目。

袁傪遂命部下執筆記下叢中聲響所言。李徵於叢中朗朗誦念。長短共計三十篇，格調高雅、意趣卓逸，皆為一讀乃覺作者才華非凡之物。然袁傪不禁漠然思索。確實，作者素質實乃一流無誤。然此般內容若欲名列一流之作，似是欠缺某些東西（於相當精微之處）。

李徵誦畢舊詩後音調一轉，自嘲般再次言道。

實在羞愧，如今為此醜態，卻偶有夢之，乃是我的詩集置於長安風流人士几上。臥於岩窟中卻仍有此夢，儘管笑吧。笑這不成詩人卻成虎的可悲男人。（袁傪憶起往時青年李徵即慣於自嘲之事，悲憫之。）咿。既已笑之，便以當下思緒即興吟一詩好否。以為此虎中曾有李徵之證。

袁傪再命下吏錄之。其詩言道。

偶因狂疾成殊類　災患相仍不可逃
今日爪牙誰敢敵　當時聲跡共相高
我為異物蓬茅下　君已乘軺氣勢豪
此夕溪山對明月　不成長嘯但成嗥

彼時殘月冷光白露潤地，寒風拂過樹間告之拂曉已近。眾人早已忘懷此事之怪異，唯肅然嘆此詩人之厄運。李徵再度言道。

方才已言道實不知何以落得此命運，然思之或也不無可能。為人之時我避與人往之。人皆稱我傲慢狂妄。實乃多因羞愧之心，然他人無可知。過往曾受鄉黨鬼才之譽如在下，自是尚有自尊之心。然實乃怯弱之自尊心。我雖望以詩成名，卻未曾拜師求友切磋琢磨精進己身。然亦潔身不欲與俗物為伍。此皆余怯弱之自尊與傲慢之羞恥所致。

實乃懼自身並不為珠玉而不情願刻苦琢磨，卻又對自身確為珠玉之事半信之，乃不願與庸碌之瓦為伍。我自世間離去、疏遠他人，以煩悶怨懟將我內心那怯弱的自尊飼養長大。據聞人人皆馴獸者，而所謂獸即個人性情。以我來說，此傲慢之羞恥心實乃猛獸。正是頭猛虎。

此虎損己苦妻且傷友，到頭來就連外貌也轉化為與內心一般。如今回想此番不過空費我僅有之些許才能罷了。人生何事皆不為則長、欲為何事則何其短，此乃在下掛在嘴邊的警句，然實為卑怯畏懼己身才能不足之事或已暴露而未可知，亦為厭倦刻苦之怠惰心態。

才能遠不及我卻專心一意磨練而成堂堂詩家之人不知凡幾。如今成虎方日漸察覺此事。思及此，我悔恨交加心如刀割。我已無法再過人類生活。即使現下心中有何等優秀之詩句，又當如何發表呢？況且我的內心已日漸趨虎。我那空費的過往該如何是好？實令人難以忍受。

每思及此我便會攀上對頭山頂那岩上朝空谷吶喊。望能一訴這胸中刀割悲苦。我昨晚也在那兒朝著月亮咆哮，望能有人可分擔此苦痛。然就連眾獸聽聞我聲亦無比畏懼拜倒於地。想來山樹月露必也皆認定此乃一虎狂怒而嘯。縱躍天伏地悲嘆亦無人能懂我心情。正如過往為人之時，無人理解我易受傷之心。濡濕一身皮毛的豈夜露而已。

週遭夜色漸薄。林間不知何處傳來哀傷的報曉聲響。

李徵的聲音言道，是該告別了。又將屆在下昏醉之時（回歸虎心之時）。然別離前尚有一事託付。乃是關於妻小。彼等仍逗留虢略，自是不知吾身命運。若君自南方回轉，是否可告知彼等吾輩已亡？還望君勿將今日之事言明。雖為厚顏之願，望汝能憐彼等孤弱，免其今後於路旁飢寒交迫，即賜吾等莫大恩惠。

言畢，叢中傳來慟哭之聲。袁生亦泛淚欣然應允李徵。李徵聲調忽回轉早前自嘲語調，再次言道。

若我仍為人，本應先委以此事。相較於飢寒妻小，我卻更加掛心己身那乏善可陳之詩業，正因身為此等男子方落得此獸身。

同時他又表示，若袁傪自嶺南復返，切勿再次通行此道，彼時自己或已昏醉至不認故人而襲之。又如今一別後，冀君至前方百步山坡上回望此地。請再看一眼在下如今樣貌。非欲自誇勇猛。乃將我醜惡姿態示之，為求君莫起意再次途經此處一見在下。

袁傪向叢中訴以懇切離別之語後上馬。叢中再次傳出悲自難耐之嗚咽。袁傪亦幾度回首望叢中去而含淚出發。

一行人上至山丘，依吩咐回望方才林間草地。忽有一虎自茂草中一躍而出來至道上。那虎仰望已非皎潔姿態之月，咆嘯以二三聲後躍回方才草叢，再無蹤影。

＊本書之中，雖然包含以今日觀點而言恐為歧視用語或不適切的表現方式，但考慮到原著的歷史背景，予以原貌呈現。

33頁之詩句為李徵頌詠成虎的心情，意義大致上是40～43頁所寫之內容。註釋及解說非常容易搜尋到，有興趣的人還請查詢一下。（中文版附譯註於次頁）

譯註

第3頁

【帛琉南洋廳】凡爾賽條約中委託日本統治南洋諸島，因此日本於帛琉群島的科羅爾島設置南洋廳，其下尚有支廳。中島敦以教師身分前往，工作內容是為當地居民編寫國語（日本語）教材。

第4頁

【隴西李徵】隴西李氏乃中國古時位於隴西（現今甘肅省臨洮縣至隴西縣一代）之大家族。崛起於魏晉南北朝，其後唐朝皇族亦屬隴西李氏。

【天寶元年】天寶為唐玄宗李隆基的第三個年號，西元742年。

【江南尉】江南道是唐朝的一個道（行政單位），轄區為蘇州（今蘇州市姑蘇區內）。尉指縣尉，為古時縣令（或縣長）的首要輔佐官吏，權責包含抓捕賊盜、維護治安等，相當於現今的縣警察局長。唐代科舉出身之士大夫一般會由此官職做起方能晉升。

【虢略】古地名，約位於現今河南省洛陽市嵩縣西北方。

第8頁

【汝水】淮河左岸支流，流域在現今河南省內。

第11頁

【陳郡】又名淮陽，現今河南省周口市一帶。

【嶺南】唐朝嶺南道，行政中心位於現今廣州，轄區則涵蓋福建省、廣東省、海南省全部及部分廣西、雲南、越南北部地區。

【商於】又名於中，約位在今河南省淅川縣西南。

第33頁

【偶因狂疾成殊類　災患相仍不可逃
今日爪牙誰敢敵　當時聲跡共相高
我為異物蓬茅下　君已乘軺氣勢豪
此夕溪山對明月　不成長嘯但成嗥】

我偶然因為奇怪的疾病而成為異類。過去無法逃離接二連三的災禍，但是今日勇猛無人能敵。想當年我倆聲名地位同等，如今我成了怪物待在茅草之下，而你乘坐在轎輦上氣勢宏偉。今晚於此小溪邊山中對著一輪明月，想吶喊出聲卻是野獸的吼叫。

解說

為什麼會變形成虎？——中島敦〈山月記〉人、虎變形的探論／洪敍銘

一般認為中島敦的〈山月記〉是屬於一種「有所本」的再創作，無論其參考的源頭是《太平廣記・李徵》，或者《古今說海・人虎傳》，都可以看見不同的層次改寫歷程中，作者們意欲凸顯的意旨。

〈山月記〉未更動的情節，在於「人為虎形」、「遇虎」、「虎訴」、「道別」的線性結構，相較於《太平廣記》所收錄的故事情節，〈山月記〉可說站在李徵的立場，補充了許多情緒轉折的細節，增添了有血有肉的互動過程。例如袁傪行經林中草地遇虎，虎衝出後又突然返回樹叢躲藏之刻，中島敦添加了一句「險哪險哪」的嘟囔，相較《太平廣記》原文「果有一虎自草中突出。傪驚甚。俄而虎匿身草中」，更早地賦予了人形虎的鮮明形象；又或是李徵成為虎時的最初經歷，無論是忘我地追逐、化為虎形時的茫然若失，或是獸心完全取代人性時的驚懼與惶恐，皆生動地描繪了這場變異的變形過程裡的心理變化。這也使得原本屬於中國志怪小說系譜的內容，融入更多的人性探索，以及對中國傳統文人建功、立業的「入世」徑路之反思。

當然，若要更進一步地了解〈山月記〉的核心，或許必須從「為什麼要變形為虎？」的問題開始。《搜神記》有一則〈扶南王判罪〉，故事中提到范尋在山中飼養老虎，犯罪者將被丟到山上由老虎「審判」，如果老虎不咬，便赦免他；〈蘇易助虎產〉則講述產婆蘇易被老虎叼走，卻協助母虎生產，最後不但平安無事，還時常受到虎的報恩；卷十一的〈王業〉、〈衡農〉，也都書寫虎不只兇猛，更能夠辨明是非、通達人情，甚至也是祥瑞、辟邪的象徵物；然而，在〈山月記〉中，卻看到了李徵在抑鬱不得志的窘迫下，竟無意間化作虎形、「今不為人矣」地成為獸類，顛覆了在志怪傳統中虎的意象與象徵意義。

《太平廣記》敘述李徵成為虎的過程中「自是覺心愈狠，力愈倍」，以及「以饑腸所迫，值一人腯然其肌，因擒以咀之立盡」這樣無可抗拒、無法阻止的獸性大發，似乎隱然對映著「吾於人世且無資業」與「雖有遺稿，盡皆散落」的抱憾與含恨。也因此，成為「虎」在某個層面上來看，雖然獲得了更強大的身體素質與力量，甚或得到了世人的敬畏與畏懼，但在心理層次上，仍舊無法擺脫「吾妻孥尚在虢略，豈念我化為異類乎」的自卑與絕望。

〈山月記〉描寫李徵在人、虎轉化過程所興發的情緒相當精采，例如一方面他反覆地說到「我內在的人心終將於此獸身習性中灰飛煙滅」、「不再身為人類」，甚至要求袁傪切勿再經過此處，以避免「已昏醉至不認故人而襲之」，強調既成為獸，就再也無法保存人性；但另一方面，他的「人心」卻又時常清醒過來，而李徵念茲在茲的，以及最終意圖託付袁傪的事，仍然是無法「以詩成名」、無法「成就詩業」的慨歎，「不成詩人卻成虎」成為最為可悲的現實，卻也同時隱喻著當時士大夫的所肩負「以天下為己任」的沉重壓力與幾進扭曲的價值——或許也是因為這樣，李徵內在倨傲與自負，以及外在不受看重，兩個極端的交互影響下，進而使他困在「虎」此一複雜的象徵意義中，無可自拔與超脫。

有趣的是，〈山月記〉刪改了《太平廣記‧李徵》的結局，二者雖均有「望汝能憐彼等孤弱，免其今後於路旁飢寒交迫」、「必望念其孤弱，時賑其乏，無使殍死於道途」的相同敘述，但在《太平廣記》「後傪以己俸均給徵妻子，免饑凍焉。傪後官至兵部侍郎」的追記，顯然是袁傪遵守諾言後獲得的祝福與報償，這也讓李徵作為「虎」的作用與意義進一步地得到了形而上的昇華；然而〈山月記〉中則變換了這層時序上的設定，讓最終結尾停留在虎在山林間咆嘯後，消失蹤跡的畫面；或者說，《太平廣記》仍然延續著中國文士階層那似乎命中注定的承繼關係，袁傪（藉由守信）繼承李徵的遺願，使他官拜兵部侍郎，而〈山月記〉反而更偏向現實小說，強化了無常、不可逆與悲哀。

在這個面向的討論上，也能進一步開展中島敦如何理解並描繪「宿命」。這個關鍵的線索，便可以在「為什麼會變形成虎？」這個問題中嘗試找到答案。《太平廣記》給出的理由是「直以行負神祇」，顯然是將變異的原因總結在神祕的力量，而〈山月記〉雖然也強調成為虎時仍無可避免有生之物的「宿命」，然而李徵卻有著強烈的自覺，他雖然看似「接受」了這樣的命運安排，卻也清楚的認知「人生何事皆不為則長、欲為何事則何其短」，反省自己自曝其短之時，反而厭倦刻苦、怠惰琢磨學習所致；他仍然悔恨，卻早無濟於事。或許也是因為這樣的自省，反而合理化了他為何困於虎身、如何逐漸同化為獸，「虎」的勇猛、睿智象徵，對此刻的李徵而言，卻是自行殘穢的醜陋，也是長年以來在自大／自卑間擺盪，所形成的巨大恥辱與羞恥，因此他哀嘆的不僅只是無法逆轉的運命，更是不論為人或為虎，都無人能夠理解的憂愁與悲涼。

袁傪固然成為李徵傾訴與發洩的出口，但袁傪已是李徵成功、勝利的對照組，他們能夠相互給予的補償，或許真的只能回到「我與君同年登第，交契素厚」年少時建立深厚、親近情誼的追憶，在漫長的人生中，聊表慰藉而已。

〈山月記〉中李徵「溫順接受那些毫無道理強加於己身之事，毫無道理地活下去」這段話著實發人深省，人們是否再如何努力，都無法真的扭轉那些命中注定的宿命？中島敦所呈現出來的命運官顯然是否定的，更有意思的是，袁傪記錄下來李徵所吟誦的詩篇，雖認為水準一流，卻也隱然感到「欠缺某些東西」，或許在「我為異物蓬茅下，君已乘軺氣勢豪」一句，也大概也表明了李徵終究無法回應人與人們在各自的命運滾滾洪流中，不同的身世與「勢」；這種自我叩問與調節，在〈山月記〉藉著「人化為虎」的故事新編與改寫，使得更為深層心靈探索過程的無力感，有了更寫實、殘酷卻又落於真實的展現。

解說者簡介／洪敍銘

文創聚落策展人、文學研究者與編輯。「托海爾：地方與經驗研究室」主理人，著有台灣推理研究專書《從「在地」到「台灣」：論「本格復興」前台灣推理小說的地方想像與建構》、〈理論與實務的連結：地方研究論述之外的「後場」〉等作，研究興趣以台灣推理文學發展史、小說的在地性詮釋為主。

譯者

黃詩婷

由於喜愛日本文學及傳統文化，自國中時期開始自學日文。大學就讀東吳大學日文系，畢業後曾於不同領域工作，期許多方經驗能對解讀文學更有幫助。為更加了解喜愛的作者及作品，長期收藏了各種版本及解說。現為自由譯者，期許自己能將日本文學推廣給更多人。

國家圖書館出版品預行編目資料

山月記/中島敦作；ねこ助繪；黃詩婷譯. -- 初版. -- 新北市：瑞昇文化事業股份有限公司, 2022.01
60面；18.2 x 16.4公分
譯自：山月記
ISBN 978-986-401-534-4(精裝)

861.57　　110020593

SANGETSUKI written by Atsushi Nakajima, illustrated by Nekosuke

Original Japanese edition published by Rittorsha.

This Traditional Chinese edition published by arrangement with Rittor Music, Inc., Tokyo
in care of Tuttle-Mori Agency, Inc., Tokyo through Keio Cultural Enterprise Co., Ltd., New Taipei City.

TITLE

山月記

STAFF

出版	瑞昇文化事業股份有限公司
作者	中島敦
繪師	ねこ助
譯者	黃詩婷
總編輯	郭湘齡
責任編輯	蕭妤秦
文字編輯	張聿雯
美術編輯	許菩真
排版	許菩真
製版	明宏彩色照相製版有限公司
印刷	桂林彩色印刷股份有限公司
法律顧問	立勤國際法律事務所　黃沛聲律師
戶名	瑞昇文化事業股份有限公司
劃撥帳號	19598343
地址	新北市中和區景平路464巷2弄1-4號
電話	(02)2945-3191
傳真	(02)2945-3190
網址	www.rising-books.com.tw
Mail	deepblue@rising-books.com.tw
初版日期	2022年1月
定價	400元